U0082041

淡水民俗采風
大道公點龍睛
淡江資傳服務學習課程小組 著

淡江大學出版中心

推薦序：彩繪新的文化旅程

十幾年來，跟隨淡水三芝八庄大道公的神駕，跋山涉水走過九庄聚落，親睹地方耆老虔誠的信仰，更與在地的國小師生、家長們一同努力，推動彩繪社區標幟、製作創意祭品、闖關遊戲、表演神明劇場等課程活動，推動一系列鄉土文化教育紮根的想法。

今年，在淡江大學資訊傳播學系楊智明、賴惠如老師的支持下，嘗試結合大學課程實地參與社區，並且首次邀請大學生演出神明劇場，由年輕人將「大道公在忠寮好年冬」的劇本做了改造詮釋，更投入闖關遊戲的創思。同學們從記述、理解地方民間流傳的大道公祭典，到劇本、選角排練、遊戲設計及數位影像媒體的規劃發表，帶給忠山、育英、水源國小師生們很棒的體驗，獲得大眾的肯定。

而〈大道公點龍睛〉繪本也在二位老師及同學們持續努力下，完成第一本繪本故事，這個團體創作的故事不但是伴隨同學們成長的作品，更是在地大道公祭典文化新的里程碑，讓傳統祭典透過新時代的創作語言，讓每一代的孩子們透過畫影踏進鄉土文化的奇幻世界。

淡水文化基金會常務董事 謝德錫

編者序：牽絲而成迴路

我們在鄉里找故事的養份，一陣端詳一陣伏案後，要用這繪本再回注鄉里了。

〈大道公點龍睛〉的故事團隊，利用淡江大學資傳系的服務學習課程，蒐集民俗和文化素材，轉換成繪本，動畫和戲劇，到比較偏遠的小學和社區辦活動說故事。有時忙得沒日沒夜，於是體會到：一個故事，可以綿長。

我們在採集地方故事中發現：大道公不只是全台民間的重要信仰，淡水三芝地區百餘年來的〈八庄大道公輪祀文化〉，更保存著非常特殊的傳統和人情。新北市將這個輪祀民俗登錄為「無形文化資產」，我們的端詳和伏案，都是用來讚嘆這個民俗文化的礦脈。團隊謹慎地企劃後續故事，期待未來分享更多的故事。

我們曾經在淡水籌辦過一系列，名為〈牽絲〉的活動和展覽。〈牽絲〉，代表傳承和鄰里相連的脈絡。我們的團隊小而年輕，像夏綠蒂不停織網，想織出一個個故事，在鄉里牽成迴路。

淡江大學資傳系助理教授 楊智明、賴惠如

傳說，
保生大帝是鄉里的守護神，
又稱大道公。
祂的醫術高超，而且特別親切，
常化身平民，幫助百姓。

而龍族在天上掌管雨水，
就像這位阿龍。

為了讓充沛的雨水滋潤大地，
阿龍經常下凡巡田，
一巡就是好幾個月。

累ㄌㄟˋ的ㄉㄜ˙時ㄕˊ候ㄏㄡˋ，
阿ㄚ龍ㄌㄨㄥˊ就ㄐㄧㄡˋ在ㄗㄞˋ樹ㄕㄨˋ林ㄌㄧㄣˊ裡ㄌㄧˇ享ㄒㄧㄤˇ受ㄕㄡˋ鳥ㄋㄧㄠˇ語ㄩˇ花ㄏㄨㄚ香ㄒㄧㄤ。

本ㄅㄣˊ來ㄌㄞˊ約ㄩㄝ好ㄏㄠˇ要ㄧㄠˋ去ㄑㄩˋ探ㄊㄢˋ險ㄒㄧㄢˇ的ㄉㄜ˙ ， 因ㄧㄣ為ㄨㄟˊ下ㄒㄧㄚˋ雨ㄩˇ而ㄦˊ去ㄑㄩˋ不ㄅㄨˋ成ㄔㄥˊ了ㄌㄜ˙ 。
讓ㄖㄤˋ討ㄊㄠˇ厭ㄧㄢˋ下ㄒㄧㄚˋ雨ㄩˇ的ㄉㄜ˙小ㄒㄧㄠˇ朋ㄆㄥˊ友ㄧㄡˇ很ㄏㄣˇ不ㄅㄨˋ開ㄎㄞ心ㄒㄧㄣ……。

小朋友請教博學的老爺爺：
「雨怎樣才會停啊？」
「相傳龍掌管雨水，
但誰知道龍在哪裡呢？」

小ㄒㄧㄠˇ朋ㄆㄥˊ友ㄧㄡˇ決ㄐㄩㄝˊ定ㄉㄧㄥˋ去ㄑㄩˋ尋ㄒㄩㄣˊ找ㄓㄠˇ這ㄓㄜˋ條ㄊㄧㄠˊ龍ㄌㄨㄥˊ，
幾ㄐㄧˇ次ㄘˋ探ㄊㄢˋ險ㄒㄧㄢˇ後ㄏㄡˋ，
終ㄓㄨㄥ於ㄩˊ在ㄗㄞˋ森ㄙㄣ林ㄌㄧㄣˊ的ㄉㄜ最ㄗㄨㄟˋ深ㄕㄣ處ㄔㄨˋ，
找ㄓㄠˇ到ㄉㄠˋ正ㄓㄥˋ在ㄗㄞˋ午ㄨˇ睡ㄕㄨㄟˋ的ㄉㄜ阿ㄚ龍ㄌㄨㄥˊ。

看祂睡得好沉好沉……！
「我們用樹枝，看能不能把祂戳醒。」

在夢鄉的阿龍，
突然覺得有東西在戳祂。
戳了一下，兩下，三下……。

腳底被戳，頭頂也被戳。
根本無法再好好睡覺。

正當阿龍想睜開眼睛，
看看到底是怎麼回事時，
眼睛突然好痛，
像被針刺到一樣！

祂痛得大吼大叫 —— 。
把森林裡的小動物，還有闖禍的小朋友們都嚇跑了！

從那天起，
阿龍的右眼變得又紅又腫，
祂再也飛不高，也看不遠了……。

田野乾旱龜裂；
城裡飽受風雨和惡水肆虐。
戳傷阿龍的小孩，留著懺悔的眼淚……。

這一切，大道公都看在眼裡。

各地不是淹大水，就是鬧旱災。
阿龍感到愧疚，同時也很擔心自己的眼睛，
於是決定上街找醫生求救！

阿龍找到一家眼科診所，
急著要鑽進去找醫生……
但因為身體太大，只能突兀地在門口探頭，
希望醫生能注意到祂。

沒想到，
卻嚇壞了醫生和病人。

阿ㄚ龍ㄌㄨㄥˊ失ㄕ望ㄨㄤˋ地ㄉㄧˋ離ㄌㄧˊ開ㄎㄞ診ㄓㄣˇ所ㄙㄨㄛˇ。

祂ㄊㄚ靈ㄌㄧㄥˊ機ㄐㄧ一ㄧ動ㄉㄨㄥˋ，
「如ㄖㄨˊ果ㄍㄨㄛˇ我ㄨㄛˇ化ㄏㄨㄚˋ身ㄕㄣ為ㄨㄟˊ人ㄖㄣˊ形ㄒㄧㄥˊ，就ㄐㄧㄡˋ不ㄅㄨˋ會ㄏㄨㄟˋ嚇ㄒㄧㄚˋ到ㄉㄠˋ人ㄖㄣˊ了ㄌㄜ˙！
醫ㄧ生ㄕㄥ就ㄐㄧㄡˋ能ㄋㄥˊ幫ㄅㄤ我ㄨㄛˇ治ㄓˋ眼ㄧㄢˇ睛ㄐㄧㄥ了ㄌㄜ˙啊ㄚˇ！」

阿ㄚ龍ㄌㄨㄥˊ化ㄏㄨㄚˋ為ㄨㄟˊ人ㄖㄣˊ身ㄕㄣ，重ㄔㄨㄥˊ回ㄏㄨㄟˊ診ㄓㄣˇ所ㄙㄨㄛˇ，
醫ㄧ生ㄕㄥ卻ㄑㄩㄝˋ說ㄕㄨㄛ祂ㄊㄚ的ㄉㄜ眼ㄧㄢˇ睛ㄐㄧㄥ已ㄧˇ無ㄨˊ法ㄈㄚˇ醫ㄧ好ㄏㄠˇ！

阿ㄚ龍ㄌㄨㄥˊ又ㄧㄡˋ找ㄓㄠˇ了ㄌㄜ好ㄏㄠˇ幾ㄐㄧˇ家ㄐㄧㄚ診ㄓㄣˇ所ㄙㄨㄛˇ，
依ㄧ然ㄖㄢˊ得ㄉㄜˊ到ㄉㄠˋ相ㄒㄧㄤ同ㄊㄨㄥˊ的ㄉㄜ回ㄏㄨㄟˊ答ㄉㄚˊ……。

「我的眼睛，恐怕只有神仙才能醫得好了……！」

阿龍失落地回到森林，祈求上天幫助祂。

各地災害不斷，老百姓痛苦不堪。
小朋友們跪地祈求上天，悔不當初。

知道一切的大道公，
化身為老醫生。
「你們帶阿龍到保生中醫館，
我可以醫好祂的眼睛。」

小朋友立刻就答應。
「好，包在我們身上！」

小朋友們回到森林，
終於找到了阿龍。
看到阿龍又紅又腫的眼睛，
慚愧地向祂道歉。

阿龍不僅原諒孩子們，
還大方地讓他們騎在背上，
一同飛往保生中醫館。

阿龍化為人身，與小朋友們走進狹小的診間。

保生中醫館

「您是……保生大帝！
是神醫大道公！」

一旁的小朋友們瞪大雙眼，
驚訝地說不出話來……。

「你終於來了，眼睛肯定很不舒服吧！」
大道公取出草藥，放入缽裡搗碎，
又加入小朋友們悔改的眼淚，
製成了一瓶金黃色的眼藥水。

大ㄉㄚˋ道ㄉㄠˋ公ㄍㄨㄥ將ㄐㄧㄤ藥ㄧㄠˋ水ㄕㄨㄟˇ搖ㄧㄠˊ了ㄌㄜ˙搖ㄧㄠˊ，
滴ㄉㄧ在ㄗㄞˋ阿ㄚ龍ㄌㄨㄥˊ受ㄕㄡˋ傷ㄕㄤ的ㄉㄜ˙眼ㄧㄢˇ睛ㄐㄧㄥ上ㄕㄤˋ。

太神奇了！
冰涼的藥水滴進眼睛，
瞬間消腫。
接下來，
阿龍感到一陣異常的溫潤。

阿龍慢慢地睜開眼睛時，
看到大道公的笑容，
祂終於了解……

醫人醫心的大道公，
讓孩子懺悔的眼淚，
直接滴進阿龍的心裡。
而金黃色的藥水，
顯然還另有妙用。

阿龍開心地向大道公道謝。
大道公：「別客氣！帶著這藥水，趕緊去打理災情吧！」

阿龍點點頭，對著小朋友說：
「要不要和我一起去巡田呢？」
「當－然－要－啊……！」

轉眼間，
阿龍幾個箭步一躍而起，
變回龍的身形。
咻～地一聲，載著小朋友，飛得又高又遠。

阿龍撒下金黃色的雨絲，瞬時，滋潤了天地。

旱田得到滋潤，惡水退去。
陽光變得金黃而和煦。

小朋友們俯瞰這片土地，
覺得有大道公和阿龍守護著家園，
真是件很幸福的事。

下過金黃色的雨滴之後，大地搖曳著金黃色的稻浪。
家鄉的畜牧農作大豐收。

從此以後，老百姓都認為：
大道公是醫神，醫人醫心，
龍象徵著吉祥好運。

大道公點龍睛的故事，
就這樣流傳下來。

腦力激盪時間

小朋友，看完故事後，來到了動動腦時間！說出你的想法，並和大家一起討論，會有意想不到的收穫唷！

1. 在故事裡，「阿龍」和「大道公」分別掌管什麼？對老百姓來說，阿龍和大道公怎麼幫助大家過好生活呢？

2. 如果是你在森林深處，找到正在沉睡的阿龍（就像故事中的小朋友一樣），你會去戳祂嗎？請說說看你會怎麼做。

3

請回想一下，大道公怎麼幫阿龍調製眼藥水？

4

在這個故事裡，大道公怎麼樣和老百姓互動？除了〈點龍睛〉這個故事外，大道公還有沒有其他的傳奇故事？

5

有很多故事都提到，神明會化身為一般人，和老百姓互動。你還知道其他類似的故事嗎？

淡江大學資訊傳播系
服務學習課程小組

團隊介紹

大學與民間社團的在地關懷

這本繪本，是淡江大學與在地社團合作，一起關懷民俗發展的成果。淡江大學資訊傳播系的師生負責《大道公點龍睛》故事的發想與媒體製作；淡江大學出版中心規劃出版與發行事宜；淡水休閒農業協會與淡江大學資傳系服務學習課程小組，共同企劃文化推廣與相關的社區活動。

為了解土地和民俗信仰，團隊中有多位淡水文史工作者和地方社區營造專家，擔任故事和相關活動的企劃顧問。本團隊在2013年間，舉辦過一系列以「牽絲」為名的推廣活動，包含在淡江大學及淡水殼牌倉庫舉行的主題展覽，深入到社區和小學校園的「文化列車」活動和表演。

這本繪本，是2013年楊智明老師開設的「說故事與腳本企劃」與賴惠如老師開設的「數位影片創意製作」，兩門資傳系課程成果的延續。《大道公點龍睛》繪本出版後，原故事動畫也即將發行。後續出版計劃裡，還包含一系列的民俗故事。

故事文案/繪者介紹

陳盈如

團隊裡，我主要負責腳本的撰寫與繪本最後的編修。並試著以小朋友的視角併入大朋友的觀點，希望文化在加入一點童趣調味後，變得更清爽順口，又入味，不妨嚐吧！

洪語鄉

很高興這個繪本最後順利完成了！在這個「大道公點龍睛」繪本的團隊合作中，負責的部分是故事與腳本的撰寫，以及最後畫面的編修及排版。慢慢欣賞這本書吧！希望你們會喜歡！

曾芯敏

在繪本裡我負責了人物的設計以及動作的繪畫。腦海裡構思了無數個角色的長相以及喜怒哀樂，就是希望更加地貼近每一位大小朋友。快來一同沉浸其中，游翔於金黃色的書海中吧！

林子晴

主要負責繪本場景部分。喜歡童趣的繽紛、溫柔，以及永遠懷抱希望的無敵想像力。想要住在那奇幻的龍森林裡，當一隻好奇探索新世界的小鹿斑比，與各種動物們做朋友，一起熱情招待來森林遊玩的小孩們，舉辦最難忘的瘋狂茶會。

劉彥宏

主要負責編排腦力激盪、團隊介紹，故事以外的其餘頁面。跟隨著大道公的腳步，在大道公的帶領之下，完成了這次的繪本，希望藉由繪本的形式，讓大家可以了解到大道公的文化，也讓大家更容易體會到大道公的奧妙之處！

創作過程

不放過任何時間想著的阿龍整型！
無論是下課空堂或是抄筆記空檔都不放過！

是不是和現在的角色差很多呢？

天啊！原來我以前
長這樣子啊！
以前帥氣、現在
可愛哼哼哼~

呵呵呵，就連我都改變了很多呢！

沉思、糾結、困惑和……發呆？

我們正在進行一項大計畫，
為了讓繪本更貼近可愛的小朋友們，
每次開會，大家的腦袋就會像馬達機不斷運轉，
抑或是過度轉動不小心當機……。

請放心，所有故事、角色和場景的設計，
以及阿龍為什麼有四片指甲這都不是巧合，
大計畫藏滿我們密謀的小心機～

為了確保這項計畫完美無缺，
我們從沒停止休息過，
開會結束後，大家還會在私底下偷偷進行，
嘿嘿嘿！等著看我們的成品吧！

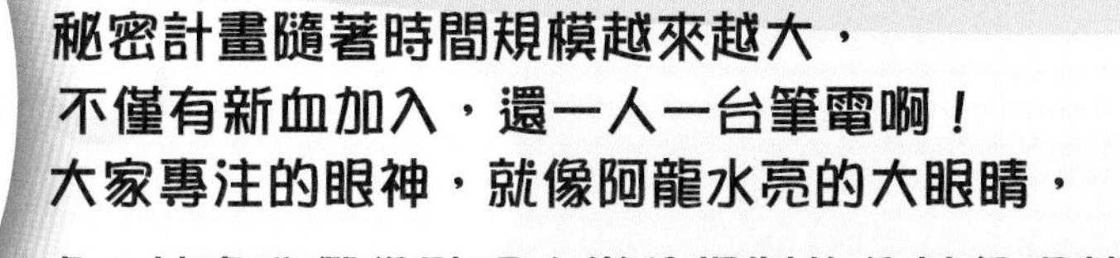

秘密計畫隨著時間規模越來越大，
不僅有新血加入，還一人一台筆電啊！
大家專注的眼神，就像阿龍水亮的大眼睛，

噓！其實我們偷點了大道公調製的金黃色眼藥水！

大道公點龍睛 淡水民俗采風

合　　著 / 淡江資傳服務學習課程小組
主　　編 / 楊智明、賴惠如
專案策劃 / 新北市淡水休閒農業協會
編輯顧問 / 蘇文魁、謝德錫
企劃執行 / 姚莉亭、梁建新
美術指導 / 陳起慧、黃一婷
故事文案 / 洪語鄉、陳盈如
繪圖設計 / 曾芯敏、林子晴、劉彥宏

發 行 人 / 張家宜
出 版 者 / 淡江大學出版中心
地　　址 / 新北市25137淡水區英專路151號
電　　話 / (02)8631-8661
傳　　真 / (02)8631-8660
網　　址 / http://www.tkupress.tku.edu.tw/
定　　價 / 200元整
出版日期 / 民國102年11月初版一刷
ISBN / 978-986-5982-40-9